高崎乃理子詩集

夢の庭

YUME NO NIWA

夢の庭

水音

夢の扉

しなやかに

水音

春の雨

春の雨

光る雲の
したたるしずく

細い細い
絹糸の雨

キラキラゆれて

大地をうるおし
土のにおいを変える

はじけて　こぼれて
土に眠る
草の種にささやく

思い出の形に
たたずむ
けやきの枝先を
キラキラつつむ

しずかに
しずかに

命の

始まりを告げる

光る雲の
したたるしずく

呼びあうように
響きあうように

私の中の水がぬるむ
私の中の水が光る

春のはじめ

春のはじめの
つめたい空に
光をまとった
おおきな雲
ひとつ

しずかに
流れていきました
もうすぐ
花がさくでしょう

もうすぐ
花がわらうでしょう
わたしは
空を見上げます
春のはじめに
母は　わたしを
生みました

春のおとずれ

細い枝を
はりめぐらせ
冬の木が立っている

光にあふれた
寒ざむと
晴れわたった空

枝にかかった
こわれた鳥の巣が
春のおとずれを
まっている

帰っておいで
旅立っていったものたち

私は　私に
言い聞かす
春のおとずれを
疑ってはいけない

それぞれのみどり

わきたつように
ゆれている

やわらかくしげった
わかばの枝

それぞれに
ゆれている

ちいさな丘を
ちいさな谷を

おおいつくし
それぞれの
みどりが
わきたつように
ゆれている
もう
まちきれない　と
ゆれている

ミモザ

ミモザの花が
咲く

まちつづけた
陽ざしの中

風にゆれる

まよいのない
あざやかな黄色で

春をつげる

こぼれそうに
かがやく
やわらかな
小さな　小さな
黄色い花たち
ゆれて
ゆれて
春が広がる

どくだみ

ほの暗い
どくだみの　しげみ
古い森のにおい
しめった土に
うずもれていった
たくさんの風景
にがい薬が
のめなくて

ないた
小さな女の子

白い
どくだみの花が
ひっそりと
ゆれていた

あの日

水音

うちわに描かれた
ほたるが飛びはじめる
暑い昼のまどろみの時

水音が聞こえてくる
風が吹いてくる

なつかしい時間が
ふと　しのびよる

若い母が
しぼりのゆかたを着て
うちわを持っている

何をまっているのか
ほほえんでいる

日が暮れていく
私の夢の中で

水音がだんだん
大きくなる

ほたるが乱れ飛び
母が遠ざかる

目が覚めても
水音はまだ
耳に残る

夏の影

夏の日の
ほの暗い
緑の影

鳥の声が
きこえる

うす明かりを
灯したように
咲ききそう

白い花たち
魂のように
しずかに燃えて
揺れている

一輪　一輪
ひとつひとつの
宇宙をたたえ

わたしは　花たちと
秘密を分けあう
わずかな一瞬を
共にする

朝咲いて
夕べに　散る
一日だけの花
はりつめた
時間を
引きさき
夏の影の中に
消えてゆく

夏草

夏草に
おおいつくされていた
土手
刈り取られ
山積みにされ
乾いてゆく
夏草の
いきおい

まだ
止まらない
強い陽ざしの
ふりそそぐ　中
枯れてゆく
時にも

なお
むせるように
立ちのぼる
夏草の
におい

ぎんもくせい

ぎんもくせいを
知っていますか
ぎんもくせいは
月の光

白い花をつけ

そっと　ひかえめに
香りをはなつ
ぎんもくせい

あの人の庭に
ありました

物静かな
あの人は

幼いわたしに

「これは　ぎんもくせいよ」
と　おしえてくれました

あれいらい

ぎんもくせいを
見たことは
ありません

がまん強くひかえめに
生きていった

あの人

ハラハラと
白い花がこぼれて

月の光が
それをつつむ

ぎんもくせいを
知っていますか

きんもくせい

雨あがりに
気づく
もう秋なのだと

きんもくせい が
香っている

あなたが
ここに　立っていることを
いつも　わすれている

ぬれた道に
立ち止まり
あなたを
たしかめる
今年の秋を
たしかめる

十月桜

色づいた木々
しめった落葉のにおい
広い公園の中に
花ざかりの木　が
一本

うすぐもりの空の下
光をあつめて
立っている

十月桜

すれちがって
行きすぎてしまった
大切なものが

そこに立っている

あたたかく
なつかしく
いとおしく

冷えてゆく
空気の中

満開の
十月桜が
立っている

月を呼ぶ

香ばしく
林がかおる
積み重なった
落葉

にじみ出しそうな
水々しい色彩

あかね色
朱色
柿色
黄土色
えび茶色

澄んだ
空に
すじ引く雲

風が吹き

暮れてゆく
空に
黒い鳥の群れ

流されて
小さくなって
遠ざかる

燃えるような
夕焼けのかなたに

やがて
うすれてゆく
夕暮の炎
とけてゆく
夜の広がりの中
力をなくした
夏草のかげから
虫の声が
月を呼ぶ
いよいよ激しく
月を呼ぶ

夢の扉

もう一度

ゆらゆら　ゆれる
光の中で
わたしは　もう一度
出合いたい
えがおの若い
おかあさん

キラキラ　光る
星空の下
わたしは　もう一度
さがしたい
夜の深さに
ねがい星

ゆらゆら　ゆれる
光の中で
わたしは　もう一度
うたいたい
はじめて知った
愛のうた

夢の重さ

夢の重さは
どれくらい
春の野原に
うかぶ雲
しずかに　流れる
ひつじ雲

夢の重さは
どれくらい
春の野原に
うかぶ雲
はぐれて　さみしい
ひつじ雲

夢の重さは
どれくらい
春の野原に
うかぶ雲
ひとりで　見おくる
ひつじ雲

夢の庭

その花は
広い庭にありました
緑したたる　夏の庭
炎のような　赤い花
だれもつんでは
いけません

その花は
白い庭にありました
雪のつもった　冬の庭
炎のような　赤い花
だれもつんでは
いけません

その花は
古い庭にありました
やさしく遠い　夢の庭
炎のような　赤い花
わたしつんでも
いいですか

鐘の音

草花が息を吹きかえす
夏の夕ぐれ
遠い山寺の鐘の音が
暑く淀んだ空気をふるわせ
私の耳に届く

降り積った雪の道に
誰かの残した靴跡
私はふみしめて歩く
かすかな鐘の音に励まされて
暗くさみしい冬の夕ぐれ

海をのぞむ岡にたたずみ
聞く鐘の音
海の中にある美しい鐘
強くやさしく響いてくる
海はそこにあり
私はここにいる

岩手県に住んでいた事があります。
三陸の美しい海岸が、今も心に広がっています。

夢の扉

なつかしいうたが
聞こえてきた

あれは
幼い日

夢の中で
聞いたうた

夜の広がりの中
小さな明かりを灯し

母が聞かせてくれた
おとぎ話

小人の森をさまよい

魔法使いが飛ぶ
空を見上げた

いつも聞こえていた
あのうた

あたたかくふるえる
夜の門をくぐり

うす暗い光がもれる
夢の扉を
押しあける

ふりかえると
母は眠っている
うすいベールのかかった
小さな部屋で
やさしい寝息を
たてている

約束と規則と
やさしい目に
守られた

幼い日

つきぬけてゆく
眠りの中

夜とともに
ひとり

夢の森の中で
気がつくと

大木のかげから

小さな瞳が
見つめている
ゆれて
ゆれて

ふと　消える

あれは　いつか
出会うもの

光の中で
出会うもの

そんな未来への
予感に

胸がふるえる

毎夜の
夢の扉を
閉じ

朝
目覚める

わすれてゆく
たくさんの夢

閉じていった
たくさんの扉
おとなになった
真昼の街でも
あの　なつかしい
うたが
聞こえてくる
おだやかで
満ちたりた瞬間
わたしは
歩いてゆく
曇った空の下

よどんだ人込みに
もまれながら

わたしは
生きてゆく

幼い日

ひとりでさまよった
たくさんの
夢をたばねて

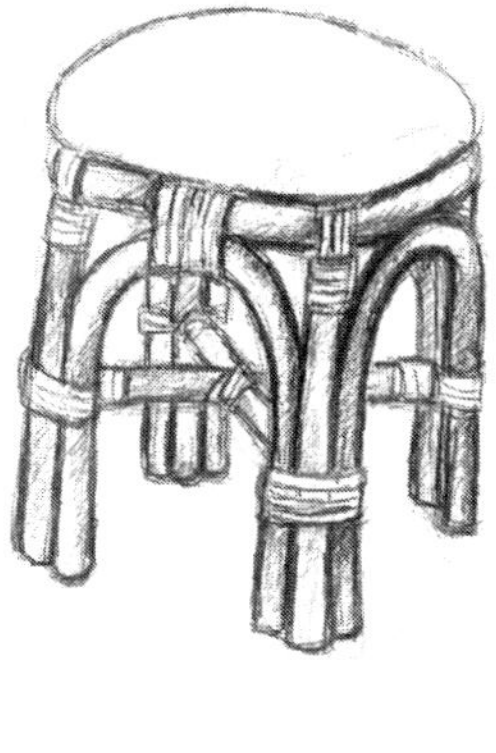

赤い橋

その橋の下に
川は流れていない
小さな赤い橋は
細い坂道に
かかっている
雑木林の
谷間

橋の下の
日影の道を

時おり
人が通る
赤い橋を
わたり
雑木林を
歩く

どこまでも
どこまでも
つづいていてほしい
この雑木林
日々のくらしの中に
ぽっかりと開いた

わたしだけの時間
わたしだけの広がり

雑木林の
深い息につつまれ

風を感じ
耳をすませ

わたしは

ひとり
さまよっていたい

また
赤い橋をわたり

町に
家に
帰ってゆくまで

波の音

この海の
波の音を聞いて
育った
夢の中にも
目覚める時にも
打ちよせる
波の音
どんな名前で
よばれても

海はひとつ
朝日が　のぼり
夕日が　しずむ
月の明るい
晴れた　夜
波の音は
深い空から
打ちよせる
深い海へと
わたしを　誘《いざな》う

未来へ

夜が明け新しい日が
はじまる
積みかさねゆく
喜び悲しみの時
ほらごらん
日の光は降りそそぐ
木々に草に
あなたに　私に
移りゆく季節に
見えない足跡を残す
ささえあって生きる
未来へ

夜空に光り輝く
星たち
星座を結ぶ
線よりもっとのびやかに
結びあう
強い心信じあう
今日も明日も
あなたと　私は
流れゆく歴史に
見えない足跡を残す
ささえあって生きる
未来へ

やさしい顔

その木は
小さな丘に立っていた

畑や野原
みどりの中に
まばらな　家々

丘からのながめは
その日により

おだやかにも
ものがなしくも
見えた

その木は
うしろ姿で立っている

木の前にまわっても
やはり
うしろ姿をしている
なぜか　わたしは
そう思う

風が
いくつもの層になり
流れている

高いところの
あの　はやい雲
ゆっくり流れる
大きな低い雲

風のない丘で
その木は
空を見上げている

大雨のあと

重く枝をおとし
苦しげに
うつむいていた

今　はれやかな
午後のひととき

木は
わたしに
背中をむけ

やさしい顔を
しているだろう

しなやかに

かすかな重み

見上げた空に
雲はない

遠い日が
ふと　心によぎる

ずっといっしょだと
思っていた

はじめて飼った
一羽の　インコ

幼いわたしが
せわした　インコ

小さなカゴの中
わたしを見ると
首をかしげ
近づいてきた

さみしかった?
カゴの中で

いつも　ひとりで
うたってた

見上げた空に
雲はない

かすかな
重みが
肩にとまる

あの木

静まる
林の中
あの木だけが
ゆれている
あそこは
風の　通り道
あの木は
朝に
夜に

はげしく
やさしく

ゆれる

けれど

風が
ふと　やんだ時

あの木は
光をあびて

美しい
人の姿で
空を　見上げる

せせらぎ

空から
降りた
雨や
雪は
土にしみて
深い
地層の中で
一つの
水脈になる

土の中の
せせらぎ
光る　こともなく
何も　映さず
眠るように
流れる
いつの日か
地上に
わき出す
その時まで

○

小さな
せせらぎが
光をのせて
キラキラ
流れる

底に
しずんでいる
重たく
色をなくした
秋の日の
落葉

しぶきになって
打ち上がる
流れの
はやいところでは

大きな木

なだらかな
丘のつらなり
雑木林の
木々は
風にそよぐ
遠い昔
人の手の入る
前

めぐる季節の中で
積み重ねていった

雨のにおい
陽のにおい
落葉のにおい

やがて
町ができ

この場所だけが
残された

数百年をこえた
大きな木の根元に
ベンチが置かれ

人々が憩う

踏み固められた
かたい土の中に
根をはり

今も
しずかに
空に向かう

一本の大きな木

ほの暗い影を
地面におとし
ユラユラとゆれている

しなやかに

晴れた空に
黒い雲が広がり
突風が吹く

草原に
ざわめきがおこる
方向をなくした
風のゆくえを
草のうねりが
追う

滝のような雨が
たたきつける

ちぎれそうに
葉脈の筋をみせて
うらがえる
草

地面に
たおれこむ
小さな花

みどりにけむる
草原

はげしく
足ばやに去っていく
黒い雲

晴れてゆく空は
光に満ちる

草花は
それぞれの
秘めた力で

しなやかに
体をおこし
胸をはる

青い水

積みかさねていった
ささやかな
日々の　しあわせ
ある時それが
わたしの中で
しずかに
青い水に
かわる
わたしの中の
青い水が
潮のように
みちてくる時

あたりの
世界が
変わる

見なれたはずの
けやきの
枝のうつくしさ

なつかしい人たちの
おだやかな
気配

けして
涸らしてはいけない
わたしの中の
青い水

あなたに

もし空が毎日
同じ色をしていたら
もし空に毎日
同じ形の雲が浮かんでいたら

そして
足もとの草花が
いつも花ざかりで
木々が緑においしげり
いつもフルフルと
光に満ちていたら

わたしたちは
忘れてしまうだろうか

自分の中に刻まれ
過ぎてゆく時間を

移りゆく季節が
自然の営みが
こんなにもせつなく
日々刻々と
美しい姿を
見せてくれているのに

あなたは
変わらなくていいのですか
傷ついた事に
そんなに甘えてはいけない

あなたは
宇宙に祝福され
人として
生まれてきたのです

白い花

森の木々は
風にゆれる
森の草は
風になびく
遠くの山から
吹きおろす
風は
新緑の
水々しい森を

吹きぬける

ここで　昔
戦いがあった
教えられたとおり
命令されるままに
若い人たちが
殺し合った

だれも
逃げなかった
国のために
家族のために

倒れこんだ　体から
解き放された
魂は
故郷に帰っていった
この森では
白い花が
めぐる季節
くりかえし
咲きつづけている

翼を持ったサメのように

晴れわたった空に
ひしめいている

天の川で
ていねいに
洗われた
満天の星たち

昼の光の中では
だれにも
見えない

見えない
満天の星につつまれて

この青空を
かけめぐりたい

翼を持った
サメのように

さずけられ
ゆらめき
ふるえる魂

かけめぐりたい
翼を持った
サメのように

思い描く自由の
ひろがりの中を
泪にうるんだ
瞳を見開き

今
ここに立つ不思議に
とまどいながら

天空《そら》も——あとがきに代えて——

水が流れる
水草がゆれる

白い鳥は

細く長い足で
流れに立つ

ゆるやかな流れは
細い足をつつみ

そして
もとの流れにもどる

ああ　こんなにも

なにげなく　すべてのことを
やりすごせれば　いいのに
とつぜん　雲のわれめから
わたしの生活に
光がさす

出来事はこんなにも
かなしく　美しく
色鮮やかだったのか

日々のくらしは
草や木は
生き生きと
空を見上げ

青空をつきぬけた
深い天空《そら》も

これらのものを

見つめていて
くれるだろうか

天空は、仏典の虚空（一切の事物を包容してその存在を妨げないこと）

高崎乃理子（たかざき　のりこ）
徳島に生まれる
詩集『さえずりの木』『妖精の好きな木』（かど創房）
　『おかあさんの庭』（教育出版センター）
　『呼ぶ声』（思潮社）
　『見えない空に』（てらいんく）
　『時の声が聞こえてくる』（てらいんく）
共著『輝け！いのちの詩』『いま、きみにいのちの詩を』（小学館）
　『愛の花たば』、ユーモア詩のえほん『ぼくの犬は無口です』（岩崎書店）
　『詩はうちゅう３年生』（ポプラ社）
　『元気がでる詩５年生』（理論社）
みみずく同人、（社）日本歌曲振興会会員、（社）日本ペンクラブ会員

高崎乃理子詩集　**夢の庭**　YUME NO NIWA

発行日　2015年11月25日　初版第一刷発行
著　者　高崎乃理子
装挿画　高崎乃理子
発行者　佐相美佐枝
発行所　株式会社てらいんく
〒215-0007　神奈川県川崎市麻生区向原3-14-7
TEL　044-953-1828　FAX　044-959-1803
振替　00250-0-85472
印刷所　株式会社厚徳社

ISBN978-4-86261-119-2　C8092